31センチの約束

文・嘉悦《かえつ》洋《ひろし》

絵・ながん

小児《しょうに》がんと生きるすべての人たちに捧《ささ》げます

目次

1

7月。夏のまっさかり。もう夕方近いのに、いじわるな太陽はじりじりと照りつけ、歩道からは熱い空気がぶわっと上がってくる。

「ねえサラ。きょうの練習きつかったね」

「ゆいの前髪《まえがみ》、汗《あせ》でびちょびちょ」

「どうせ汗びっしょりだし、家までダッシュしよっか」

「うん!」

2人は手をつないでかけだした。二つのポニーテールがゆれ、黒い髪が真夏の太陽にきらりと光った。


サラとゆいは、バレーボールのクラブチーム「フェニックス」に入っている小学4年生。サラは「4年生の中では、自分よりじょうずな子はいない」と思っている。ゆいは運動おんち、いわゆる「うんち」だ。サラといっしょにいたくてバレーを始めたけれど、強いボールが飛んでくると、すぐ目をとじてしまう。サラは、そんなゆいを見るたびに、かわいいなと思う。

2人が美容院《びよういん》「エフ」に出かけたのは、8月に入ってすぐだった。「エフ」は、サラのママの行きつけだ。サラとゆいも1年ほど前から通っている。

真っ白なかべに、木目のフロア。サラの担当《たんとう》はなっちゃん。

「さてと。きょうは、どうしたいのかな」なっちゃんは気軽に話しかけてくれるから、サラは大好きだ。

初めてカットしてもらったとき、サラが「なっちゃんって、よんでいい?」と聞いたら、右手の親指を立てて笑ってくれた。プロだけに、なっちゃんのヘアスタイルはかっこいい。1年前はきりっとしたポニーテールだったけど、前に来たときはショートヘアに変身していた。「ショートボブっていうんだよ」って教えてくれた。

サラは、女の子の髪は長い方がかわいいと思っている。だからずっとセミロングにしている。だけど、なっちゃんのショートを見て、ちょっと冒険心《ぼうけんしん》がわいた。あんなすてきなショートヘアもあるんだって思った。だから今日、サラは一大決心をして「エフ」に来たのだった。

「あのね、まねするみたいでごめん。なっちゃんと同じにしてほしいの」

「ほー、ショートボブに。うん、サラにはすごく似合《にあ》うと思うよ」

「ほんとに？　やったー」

でも、なっちゃんのハサミがてきぱきと動いて、髪がどんどん短くなっていくにつれて、サラはなんだか悲しくなってきた。

――やっぱり、長い髪のままがよかったかなあ。

ふと、左がわの席を見ると、高校生くらいのお姉さんがいた。髪がすごく長い。髪の毛がいくつかの束に分けられている。それぞれの束は、毛先から30センチくらいのところで、ゴムでしばられている。まるで馬のしっぽみたい。

――このお姉さん、どんな感じにカットするんだろう。

横目で見ていたら、美容師《びようし》さん、ゴムの上にハサミをいれてブツリと切ってしまった。

――えーっ。うそでしょ？

サラはびっくりした。でも、美容師さんもお姉さんも笑顔のままだ。次々に切っていく。カットした髪の束は、美容師さんがかごの中に入れている。

――どういうこと？　何やってんの？

「さあ、できあがり。どう？」

サラの後ろからなっちゃんの声がした。

鏡にうつったサラの髪は、なっちゃんとそっくりのショートボブ。いい、すっごくいい。

「ねえ、サラ。わたしの、どうかなあ」ゆいが声をかけてきた。首を右にひねるとロングヘアのゆいが笑顔を見せた。のびた分だけ毛先をきれいにカットし、整えてもらったゆいの黒くて長い髪は、つやつやとかがやいていた。窓《まど》から差しこむ日の光を受けて、髪の表面に〝天使のわっか〟ができていた。

カットを終えると、サラはスマホで、ゆいといっしょに自撮《じど》りした。スマホの画面をチェックする。ゆいのロングヘアはかわいい。「うーん。ショートボブもいいけど、やっぱり長い髪のままがよかったかなあ」サラはちょっぴり後悔《こうかい》した。

オレンジジュースを持ってきてくれたなっちゃんが、サラに話しかけた。

「さっき、高校生のカット見てたよね」

「うん。カットした髪の束、持ち帰ったよね。なんで？」

「あれはさ。ヘアドネーションっていうんだよ」

――ヘアドネーション？

初めて聞く言葉に首をひねるサラとゆい。なっちゃんが続けた。

「ドネーションっていうのは、寄付《きふ》って意味だよ。世の中には、病気の治療《ちりょう》で髪がぬけちゃう子がいるの。だから、あの高校生みたいに髪の毛を寄付して、それでかつらを作ってプレゼントするわけ。英語でウィッグっていうんだけどね」

——そうなんだ。病気のせいで髪がなくなるなんて。そういう子たちのために自分の髪を切るのか。えらいなあ。でも……。

サラは思った。自分が一番大切にしている髪を、だれかのためにばっさり切ってしまうなんて、できない。おしゃれしようと思ってショートカットにしたのに、ちょっぴり後悔しているくらいだ。知らないだれかのために切るなんて、わたしには無理。

2

「アズキ、だめじゃん。ちゃんと食べてよ」

アズキは15歳《さい》になるおばあちゃんネコ。エサやりはサラの担当なんだけど、最近のアズキはあんまし食べなくなった。

サラがしかると、アズキは悲しそうにサラを見上げた。

——そんな目で見ないで。いじわるじゃないのよ。

自分のハウスに戻《もど》っていくアズキを見て、サラはふと気づいた。ちょっと後ろ足を引きずっている。けがはしていないようだけど、さわるといやがった。それに足がなんだか冷たい。「神経痛《しんけいつう》とかかなあ。ネコにもあるのかしら、そんな病気」とママも首をかしげる。「もう年だからなあ」とパパ。

次の日、いつもお世話になっている動物病院に行った。

「アズキちゃんは心臓《しんぞう》の病気です。しかもかなり重いですね。ざんねんですが、もう長くは……」と先生。サラは信じられなかった。

「アズキ、死んじゃうの?」泣きだすサラを、ママがやさしくだきしめた。

9月の終わりかけの日曜日。この日はフェニックスの練習日だ。いつものように、サラはゆいの家のピンポンをおした。いつも2人いっしょに練習場の体育館に向かう。だけど、だれも出てこない。それに自動車もない。サラはスマホでゆいに電話をかけてみた。しかしゆいは出ない。

何回かけても同じ。サラはちょっと不安になった。「どこに行ったの? ゆい――」。

仕方なく、サラは1人で体育館に向かった。

フェニックスの練習はきびしいことで有名だ。学年ごとのチームのほかに、選ばれた選手だけのトップチームがあり、毎年、県内の大会で優勝争《ゆうしょうあらそ》いをしている。ほとんどが6年生。トップチームの練習を見学していると、スピードもテクニックもまるでちがうことがわかる。4年生のサラやゆいにとっては遠い存在《そんざい》だ。4年生チームでは一番じょうずなサラでも、トップに選ばれることはない。

でも、サラはそれでいいと思っている。というのは、「いやだなあ」と感じている「決まり」がトップチームにあるからだ。それは全員、髪をショートカットにすること。今どき、そんなのダサイし、大切な髪をそんな変なルールで切るくらいなら、トップチームになんかに選ばれなくていい。

この日、サラはゆいのことが気になって練習に身が入らなかった。コーチからたびたびしかられた。「そんなことじゃ、5年生になってもトップには入れないぞ」

別に、いいもん。

練習が終わると、サラはもう一度ゆいの家をたずねた。しかし、窓に明かりはともっていない。車庫も空っぽだ。やっぱり、だれもいない。

3

ゆいは大学病院に入院していた。

フェニックスの練習日だった朝。ゆいは急に気持ちが悪くなって目がさめた。ママをよんだ。ベッドから起きようとしたら、天井《てんじょう》がぐるぐる回って、そのままたおれた。そこから先のことは、ゆいは覚えていない。あれから何日たったのだろう。

「白血病《はっけつびょう》」

ゆいがその病名を両親から聞かされたのは、ついさっきだった。ゆいには実感がなかった。だって、どこも痛くないし、熱もたいしたことはない。

ただ「サラにはちゃんと伝えないと」とゆいは思った。ぜったい心配しているから。だから、病名を聞いたあと、すぐにママにたのんだ。「サラのおうちには、わたしの病気のことを正直に話してね」

「白血病、ですか……」

ゆいのママの言葉に、サラの両親は顔を見合わせた。サラには、それがどういう病気なのか、わからなかった。でも、ゆいのママの暗い表情《ひょうじょう》から、大変な病気なんだと思った。

ゆいがいなくなった数日後、「入院した」ということだけは、ゆいのママが知らせてくれた。だけど、何の病気かは、わからないままだったのだ。

「おみまいに行かなきゃ」

ゆいのママが帰って行くと、サラはママとパパに言った。しかし2人は許してくれなかった。

「どうして？　おみまいに行くのは当たり前でしょ。ゆいは、わたしの親友なんだよ」

「サラ。今はまだ、だめよ。今は、ゆいちゃんの回復《かいふく》が一番大切でしょ。会いたいのはわかるけど、がまんしなきゃ」

ママが言ってることはわかる。でも、せめてゆいと連絡《れんらく》を取りたい。しかしスマホはだめだ。ゆいのママに「家に置いたままなの」と言われた。じゃあ、どうしたらいい？

サラは考えた――。

4

病室の窓の外は、少しずつ秋らしくなっていく。ベッドでゆいは思った。いつもなら秋のおしゃれをどうするか、サラとおしゃべりするのに。今はとてもそんな気になれない。体がだるい。たった一人で病室にいると、悪いことばかり考える。「学校の友だち、わたしのこと忘《わす》れてしまうんだろうなあ」とか。

「あーあ」ゆいは頭から毛布《もうふ》をかぶった。

ゆいのママが病室に入ってきた。

「ゆい、とってもいいものをあずかってきたわよ」と言いながら、トートバッグから1冊《さつ》のノートを取り出した。表紙に何か書いてある。

「きのうの夜、サラちゃんが持ってきたのよ。『あした病院に行ったら、ゆいにわたしてください』って」

それは、かなり分厚《ぶあつ》いノートだった。ブルーの表紙がかわいい。そこに、サラが書いたにちがいない太い文字で「Y×S　ラリーよ続け！」とある。

ゆいは表紙をめくった。

10月10日
ゆい。サラだよ。

もー、びっくり。突然《とつぜん》いなくなるんだもん。

ゆいのママから、ゆいの病気は「白血病」だって聞いた。どんな病気なのか、よくわかんないけど。

あと、ゆいのスマホはゆいの部屋に置きっぱなしだってことも。でも、スマホは使えないし、会うこともできないなんて、がまんできない。だって、ゆいが今どんな気持ちなのか知りたいもん。わたしの気持ちも伝えたいし。

それでこのノートを作ったんだ。

表紙のタイトル「Y×S　ラリーよ続け！」も、一応《いちおう》まじめに考えたんだよ。Yはゆいで、Sはサラだよ。それくらい、わかるってね。

「ラリーよ続け！」ってタイトルにしたのは、ちょっと意味があるんだ。

バレーボールってさ、相手のボールを受けて、相手に返す。これを続けるのがラリーじゃん。ラリーが続くかぎり、試合は続くでしょ。

だから「ラリー」って名付けたの。わたしも書く。ゆいも書く。どちらも書くのをやめないかぎり、わたしたちのラリーは続く。ゆいのママが郵便配達《ゆうびんはいたつ》の人みたいに、この

「ラリー」を運んでくれるんだって。どう？　いいアイデアでしょ。

わたし、これから「ラリー」にいろんなことを書く。バレーボールのこと。学校のこと。なんでもかくさずに書く。だってゆいは、ひみつにされるのが一番きらいな子だから。だから、ゆいも書いてね。お医者さんや看護師《かんごし》さんのこと。今どんなことを考えているのか。退院《たいいん》したら、何をしたいか。わたし、ゆいが書いたことはぜったい忘れないから。

（本当はいますぐ病院に走っていきたいサラ）


文章の最後に、２人の女の子のイラストがある。ロングヘアのゆいと、ショートボブのサラにちがいない。両方ともかわいい。

「サラ、イラストへたすぎ……」

ノートに、ぽたりと涙《なみだ》が落ちた。ブルーのペンで書いてあるサラの文字がにじんだ。ゆいはあわててパジャマでにじみをおさえた。心の奥《おく》がじんわり満たされてくる。文字なのに、サラの声が聞こえるような気がする。この手書きの文字。なんて温かいんだろう。この力強い文字のタッチ。なんだかはげまされているようで、うれしい。

ゆいはボールペンをにぎった。文章は得意だ。

――「ラリー２号」を書かなくちゃ。

ゆいは思った。だけど、何を書けばいいの？　わたしがどんだけ苦しいかを書くの？　サラはそんなの読みたいかな。

「ねえママ。わたし、何を書いたらいいかなあ」

ママはにっこり笑って言った。

「今、ゆいがサラちゃんに伝えたいことを書けばいいのよ。だって２人は親友でしょ」

10月11日
サラが考えてくれた「ラリー」、めっちゃいい。ありがとう！さっそく2号を送ります。

わたしも「白血病」って、よくわかんないの。自分の病気なのにね。

とにかく、わたしの血の中に悪いやつらが生まれているんだって。これをやっつけるために、お薬を飲んだりするの。「そうすれば治るからね」ってお医者さんが言ってた。

でもその薬のせいで、はいたり、熱が出たりするんだ。ごめん。暗い話になったね。

病院には、なんと学校があるんだって。安心したー。わたし、ここで勉強がんばる。

そしたら退院して、また元の学校に戻って、サラといっしょに卒業できる。

フェニックスはどう？　目指せトップチーム入り！　なんちゃって。とにかく、けがしないようにね。わたしバレーはあきらめるけど、病気には負けない。がんばる。

手書きって、すっごくいいね。メールとかより、サラの気持ちが伝わってくる。なんかね、心がほんわかなってくるの。早くサラに会いたい。

（白血病のゆいより）

2人のラリーは、順調に続いた。

5

アズキとのお別れは10月のよく晴れた日だった。

夕日がさしこむリビングルーム。サラとパパとママ。マットに横たわったアズキ。

アズキは口を少し開け、目をとじている。サラはアズキの頭を、背中《せなか》を、おなかを、やさしくさすってあげた。

すると、アズキがゆっくりと目を開いた。青く澄《す》んだひとみで3人をじっと見つめている。

やがて、アズキのおなかが大きくふくれて、静かに小さくなっていった。「ふーっ」

と小さく息をはいた。青いひとみから、光が消えていった。

　動かなくなった。

――アズキ……死んじゃった。

サラの目からぶわっと涙があふれた。ママは両手で顔をおおった。パパは下を向いた。

　サラはアズキに語りかけた。

――アズキ。ごめんね。痛《いた》いのに、苦しいのに、わたし気づいてあげられなかった。いっぱい遊んだよね。ネズミの形をしたネコじゃらしがお気に入りだったね。わたしがよんでも知らん顔なのに、こっちが忙《いそが》しい時は必ずよってきたよね。ピアノの練習のじゃまをしたし、パソコンのキーボードにすわったでしょ。あの時、アズキはさびしかったんだね。もっと遊んでやればよかった。だって、こんなに急にいなくなるなんて、思ってなかったもん――。

　サラは生まれて初めて神さまに祈《いの》った。

「神さま。アズキと天国でいっぱい遊んでください」

　そして、もっと強く祈った。

「神さま。ゆいを、必ず元気にしてください！」

6

11月20日。やっと、ゆいの面会が許可《きょか》された。サラはガーベラやリンドウの花束をかかえ、ゆいママに付きそわれて病院のろうかを進んだ。サラは病院がなんだか苦手だ。薬なのだろうか、いろんなにおいがするし、時々お医者さんや看護師さんたちが急ぎ足で行き来しているのを見ると、ちょっとどきどきする。

でも、今どきどきしているのは、そのせいじゃない。2カ月近くも会えなかったゆいに、これから会う。ゆいはどんなふうに変わったのか。それとも以前のままなんだろうか。そんなことを思うと、バレーの試合開始前よりも胸《むね》がしめ付けられるような気がするのだ。

病室に着いた。「ゆい」と書かれたプレートがドアの横にかかっている。

ひとつ呼吸《こきゅう》をととのえ、ドアを開けると、サラはせいいっぱい明るい声を出した。

「ハロー、ゆい。元気かな～」

ゆいは体を窓側に向けて、ベッドに横たわっていた。頭にはタオル地の帽子《ぼうし》をかぶっている。寒くなったからだろう。声をかけたのに、ゆいは動こうとしない。

――あれ？　ねてるのかな。

「おーい、ゆい。ねてんじゃないよ！　わたしだよ、サラだよ！」サラはわざとおどけてベッドに近づき、ぽんぽんとゆいの肩《かた》をたたいた。

ゆいは、ゆっくりと体の向きを変えた。

天井を見つめる目はうつろ。顔色も悪い。サラが知っているゆいではなかった。

――ゆい……やっぱり具合、悪いんだ。

それでもサラはむりやり笑顔を作った。「暗いふんいきになっちゃいけない」と思った。なにか明るいこと話さなきゃ――。

「あのさ。バレーはゆいの分までがんばってるよ。こないだ、よその4年生チームと試合したけど、ばっちり勝ったよ。サラはいま、絶好調《ぜっこうちょう》なのだ。秋の遠足は途中《とちゅう》から大雨になったの。もうずぶぬれ。あとね……」

「ねえ、サラ」ゆいが天井を見上げたまま言った。

「それ、今、わたしが聞かないといけない？」

それは初めて聞く、ロボットのようなゆいの声だった。

「わたし、頭痛いし、おなかも痛い。だから横になってた。きついの。見たらわかんないかな」

サラは固まってしまった。

「それにさ」と、ゆいはタオル地の帽子をゆっくり外した。

――えっ？

サラはおどろいた。ゆいの頭には髪の毛がなかった。信じられない。ゆいのお気に入りだったロングヘア。みんなうらやましがったきれいな黒髪。それが……。

「わたし、こうなっちゃったから」そう言うと、ゆいは目をとじた。「きついんだよね。帰ってくれるかな。来てくれてありがと」ゆいは、また背中を向けた。毛布がふるえている。

サラは下を向いた。花束をベッドにそっと置く。帰るためにドアに向かい、それでも「何か言わなきゃ」と思って言った。

「ゆい、がんばって……」

とたんに、ゆいがさけんだ。

「がんばってるじゃん！」

サラは病室を飛び出した。ろうかを走った。病院の外に出る寸前《すんぜん》に、声が聞こえた。

「待って！　サラちゃん」ゆいのママだった。その目に涙がうかんでいた。サラはびっくりした。ゆいのママが泣いてるの、初めて見た。

「ごめんね、サラちゃん。あの……ちょっとだけ話できないかな？」

サラはゆいのママといっしょに待合室のソファにすわった。居心地《いごこち》が悪い。髪がない

ゆいを見て、なんだかこわくなって、その場をごまかそうとした。そして逃《に》げてしまった。ゆいは親友なのに――。

ゆいのママは、ゆいの髪がなかったわけを説明してくれた。治療のための薬のせいで、髪がぬけること。ほかにも、食欲《しょくよく》がなくなったり、体がだるくなったりすること。そして、ゆいが治療をずっとがんばっていること。「サラちゃん、またゆいに会いに来てね」

家に戻ると、サラは自分の部屋にとじこもった。ママがドアごしに「大丈夫《だいじょうぶ》？　何かあったの？」と声をかける。

「ごめんなさい。ママ。悪いけどぜったい部屋に入らないでね。夜ごはんいらないから」

ゆいを傷《きず》つけてしまった。一番がんばっているゆい。バレーも学校も、おしゃれもがまんして、がんばっているゆい。それなのに「がんばって」なんて言われたら、「これ以上がんばれないよ」と思うのは、当たり前だ。

そんなつもりじゃなかったのに。サラは泣いた。泣いて、泣いて、そのまま朝になった。

朝の光を浴びたベッドの上で、サラは思った。

――どうしよう。ゆいに、どうあやまったらいいんだろう。いや、あやまってすむことじゃない。泣いている場合じゃない。

サラは、きのうのことを思い出してみた。

「わたしは、ゆいの頭をちゃんと見るのがこわかった。わたしは逃げたんだ。弱虫だ。最低！」考えれば考えるほど、サラは自分を許《ゆる》せない気持ちになっていった。

サラは窓の外を見た。

庭のカエデの葉がはらはらと落ちていく。そのうち、庭は赤いじゅうたんのようになるだろう。それはサラが好きな秋の風景だ。しかし今は、葉が落ちて枝《えだ》だけになっていくカエデの木に目が行く。カエデの木はひとりぼっちだ。なんだか、かわいそうに思える。

ひとりぼっち……。サラの思いはゆいに飛ぶ。髪を失って、病室でひとりぼっちのゆい——。

サラは窓をはなれ、勉強机《べんきょうづくえ》のいすにすわった。また考えこむ。

サラは鏡の中の自分に問いかけた。「ねえ、わたし、ゆいのために何をしてあげられるかなあ」しかし鏡の中の自分は何も答えてはくれない。でも、このまま逃げていてはいけない。ゆいは親友だ。仲直りしたい。どうしたらゆいを笑顔にできるだろう。いっそ、わたしの髪を半分、ゆいにあげたい……。

「髪をあげる……」サラは思い出した。あれは8月だった。「エフ」で髪を切ったあの

時、となりにいた女子高校生。

「たしかヘアドネーションとか言ってた。自分の髪を切って寄付して……。えっと、何だったっけ。そう、たしかウィッグだ。かつらだ。それを作って、髪をなくした人に贈《おく》るって言ってた……。これだ！」

ゆいのために、これから髪をのばせばいいんだ。そして、ゆいにプレゼントする。そうすれば、ウィッグを作ってもらえる――。

サラは自分のアイデアに「よし！」と思った。しかし、すぐに「本当にできるの？」という声が、心の奥から聞こえてくる。

いすから立ち上がると、サラはベッドにたおれこんだ。ふと、ベッドのまくらもとに置いてあるフォトスタンドに目が行った。ショートボブのサラと、ロングヘアのゆい。あの夏の日、サラのスマホで撮った2人の写真。2人の笑顔。天使のようにほほ笑んでいるゆい。

――この笑顔を取り戻《もど》してあげなきゃ。

サラの心に今、何かが生まれた。まっすぐな光の道が見えた気がした。

「わたし、何をなやんでいるの。ゆいにわたしがしてあげられること。それは一つしかないじゃん」――。

7

サラがなやんでいたころ、ゆいも落ちこんでいた。

――どうしよう。サラに、どうあやまったらいいんだろう。わたし、なんであんな態度《たいど》をとったんだろう。やっと面会に来てくれたのに。サラ、きっと、ずっと泣いていただろうなあ。

そう思うゆいの目からも涙がこぼれ落ちた。

11月21日
ご・め・ん・な・さ・い！

どんなにあやまっても許してもらえないよね。

わたし、サラを傷つけてしまった。わたしを元気づけようとして「がんばって」って言ってくれたのに。

わたし、バカだった。「どうしてこんな目にあわなきゃいけないの」って、イライラしてた。だれかに当たり散らしたかった。それをサラにぶつけてしまった。

本当は、早くサラに来てほしかったの。サラに会いたかったの。サラと話したかったの。本当だよ。ずっと待ってたの。それなのに……。

ほんとにごめんなさい。

もっともっと書かないといけない。だけど今の体力じゃ無理みたい。

ごめんね。


（サラを傷つけたバカなゆいより）

11月21日
だれよりも大切なゆいへ。
今読んだよ。さっき、ゆいのママが「ラリー」を持ってきてくれたの。その時、わたしだけじゃなくて、うちのママとパパにも、いろんなことを話してくれた。ゆいの髪のことも。
でもって、すぐ、これを書いている（T_T）
わたし、きのうから「どうしよう、どうしよう」って、ずっとなやんでた。ずっと泣いてた。そしたら、朝になってた。

これだけは、はっきり書いておくね。

ゆいは、ぜんぜん悪くない。悪かったのはわたし。

ご・め・ん・な・さ・い！

わたし、ゆいのそばにいるべきだった。なのに、逃げ出したんだ。ゆいを傷つけた。

わたしは弱虫だった。ごめんね。

けさから、ずっと考えてたの。わたし、決めたことがあるんだ。このことを「ラリー」でゆいに伝えたかったの。だけど、まだわかんないことがあって、相談したい人がいるんだ。だから報告《ほうこく》は、もうちょっと待っててね。


（ゆいを傷つけたバカなサラより）

8

サラは、美容室「エフ」のとなりにあるカフェにいた。なっちゃんがランチをおごってくれた。デザートのプリンを食べながら、なっちゃんが言った。

「それでと。聞きたいことって、なに？」

「ごめんね、忙しいのに。夏ごろにさ、エフで高校生のお姉さんが、ヘアドネーションっていうのをしてたでしょ」

「ああ、そうだったね。覚えてる」

「わたしも、したいの」

「へえ、どうして？」

聞かれてサラはまよった。理由をくわしく言えば、ゆいの病気のことまで言わなきゃならなくなるかも。

「うーん。理由はまだ言えないの。ごめんね。その時がきたら、ぜったい話すから。とにかく、ヘアドネーションしたいの。どれだけ髪をのばせばいいのかとか、いろいろ教えてほしいと思って」

なっちゃんは、ふ〜んとうなずきながら言った。

「わたしも、あんまりくわしくないんだけどさ。寄付するには、31センチ以上が基本なんだって。あの高校生を担当した子が教えてくれた。ただ、彼女《かのじょ》もそれ以上は知らないらしいよ。ごめんね」

「ううん、いいの。31センチか。それだけのばすには、どれくらいかかる？」

「2年半ぐらいかな。サラはこないだショートボブにしたばかりだから。あと25センチくらいのばさないとね」
「えー、そんなに」
「小学校を卒業するまでにはのびるよ」なっちゃんの明るい声がひびいた。
サラは、はっきりとした目標ができて、目の前が明るくなった。

11月25日
サラのラリー、読んだよ。どっちも、おっきな文字で「ご・め・ん・な・さ・い！」って書いてるの、なんか、通じ合っている気がして、うれしかった。
サラが決めたことって、なんだろう。すっごく楽しみ。
（サラのことだけを考えているゆいより）

サラは、すぐに返事を書いた。

11月25日
報告します！

ゆい。これから、わたしは髪をどんどんのばす。十分な長さになったらカットして、ゆいに髪をプレゼントする。

ずっと前だけどさ、美容院で高校生のお姉さんが髪をばっさり切ってたじゃん。あれだよ。ヘアドネーション。切った髪で「かつら」みたいなのを作ってもらうの。

こないだ、なっちゃんに教えてもらったんだ。31センチ以上あれば、切ってプレゼントできるんだって。わたしの場合、だいたいあと25センチのばせばいい。

わたし想像《そうぞう》するんだ。わたしの髪で作ったウイッグをつけたゆいと、髪をあげたわたしが並んでいるとこ。なんか、よくない？

31センチのびたら、必ずプレゼントする。約束する。それまでは「2人だけのひみつ」だよ。みんなをびっくりさせよう！

（その時が待ち遠しいサラより）

11月26日。この秋一番の寒い朝をむかえた。ゆいは、ママが朝早く持ってきてくれた「ラリー」を食い入るように読んだ。うれしさがこみあげてくる。

——ありがとう、サラ……。

ゆいが入院して、およそ2カ月がすぎた。つらかったけれど、今朝の「ラリー」は、ゆいの心にぽっと灯《ひ》をともした。

「ゆいちゃん、なんだかいいことがあったみたいね」

診察《しんさつ》にやってきたお医者さんが、「ラリー」をのぞきこむようにしながら、ほほ笑んだ。

「ひみつです！　ひみつ！」　ゆいは、わざとノートをかくすようにして笑った。

11月26日
サラの髪を、わたしにくれるの？
うれしい！　夢《ゆめ》みたい。
ほかのだれの髪でもない、サラの髪を、わたしのために！
わたし、はじめて神さまに感謝《かんしゃ》する。

ねえ、わたしたちってさ、赤毛のアンと、親友のダイアナみたいじゃない？　ダイアナは自分のまき毛をひと房《ふさ》切って、アンにあげたでしょ。

わたしもサラの髪をひと房どころか、たくさんもらえるんだもん。こんなすてきなことって、ある？

サラの31センチの髪。うれしい。もちろん「2人だけのひみつ」だよ。なんか、わくわくする。

（幸せなゆいより）

ゆいは、大学病院で白血病とたたかい、サラはバレーに打ちこんでフェニックスで実力をつけてきた。そして年が明けた。

9

4月。サラが5年生になって最初のバレーの練習が終わると、新しいトップチームメンバーが発表された。コーチが名前を読み上げる。みんなどきどきしている。

「6年、中沢《なかざわ》まゆ」

「はいっ！」 5年生の時からトップチームでセッターをしていたまゆちゃんが、1歩前に出た。セッターは、試合を組み立てる大切なポジションだ。「中沢は、今期のキャプテンをしてもらう」とコーチが続けた。

まゆちゃんはしっかり者だ。みんなを引っぱっていこうとする強い気持ちがある。

「キャプテンにぴったりだ」とサラは思った。

「ほかのメンバー。大森彩《おおもりあや》、沢村春奈《さわむらはるな》……、それに、北条《ほうじょう》サラ。以上12名」

――えっ？　わたし、よばれた？

サラはびっくりした。名前をよばれた12人が集まって、大きな輪ができた。新チーム最初の儀式《ぎしき》だ。新キャプテンのまゆちゃんが、さっと腕《うで》をのばし、手の甲《こう》を真ん中に差し出した。

まゆちゃんの手の甲の上に、全員がパン、パン、パンと手のひらを重ね、さけんだ。

――ぜったい勝つぞ！

――オーッ！

サラの気持ちは複雑《ふくざつ》だった。トップチームに選ばれたのはうれしい。でも、そうなると髪を切らないといけない……。サラが「ダサい」と思っている、あのルールだ。

そのルールが生まれたのは10年ぐらい前のこと。ある大会の決勝戦でちょっとした事件《じけん》が起きた。ロングヘアを結んでいたフェニックスの選手のゴムが切れた。その選手の髪がみだれ、顔をおおった。そのせいで選手はボールを見失い、ミスをした。チームはリズムをこわし、負けた。

だれもその選手をせめなかった。しかし選手だけで話し合った。「またどれかのヘアゴムが切れたら……」　そんな心配をするくらいなら、いっそのこと、髪は短くしよう。

それ以来、選手たちの約束ごととして「全員ショートカット」がトップチームに受けつがれている。コーチは「髪なんて自由にしていい」と、ずっと言っているけれど。

――トップチーム入りはことわろう。

そう決心したら、サラの行動は早かった。コーチと、まゆちゃんに「わたし、トップチームには入れません。外してください」と申し出た。

「理由は？」とコーチ。

「わたし、髪は切れないんです。だから……すみません」

「なぜ切れないの？」と、まゆちゃんが心配そうにサラをのぞきこむ。

「それは……」　その理由は言えない。

じっと考えこんでいたコーチが言った。

「サラ。髪はのばしていい。だからトップチームでがんばってみなさい」

コーチの言葉に、まゆちゃんがおどろいた。

「それじゃチームがもめます。サラちゃんがせめられますよ。かわいそうじゃないですか」

「もめるだろうね。しかし、そうすることがチームのためになると思う。ただ、サラはつらい思いをするだろう。そのことはサラにあやまっておくよ」

次の日曜日。2回目の練習日。主力のAチームと、ひかえのBチームのふり分け、それにポジションの発表があった。サラはBチーム。ポジションはセッター。まゆちゃんの補欠《ほけつ》だ。それはいい。でも「なにかおかしい」とサラは感じていた。

前回は、みんなトップチームに選ばれてうれしそうだった。6年生たちは、サラにも「がんばろうね」と声をかけてくれた。だけど今日は、サラに声をかけてくれるのはまゆちゃんだけだ。変な空気がただよっている。

練習が始まった。Aチーム対Bチーム。Aチームのサーブ。Bチームの選手が受ける。当然、セッターのサラのところにボールが……こなかった。別の選手がトスを上げ、アタッカーにつないだ。

——え？　今のはミス？

サラはそう思った。しかし、それはミスではなかった。その後も、だれもサラにボールを回さない。

練習が中断《ちゅうだん》された。まゆちゃんが全員を集める。コーチは、それを少しはなれた場所で見つめている。

「Bチーム。どうかした？　どうしてサラにボールを集めないの？　セッターにボールを回さないと、試合を組み立てられないじゃない」

Bチームのメンバーはしらけた顔をしている。Aチームのメンバーもよそを向いている。

「ちゃんとやろうよ」まゆちゃんは強く言ったが、サラは無視《むし》され続けた。ボールが回ってこない。たまに、まゆちゃんがサラにボールを返すが、サラがあげたボールは、Bチームのだれも受けようとしない。ボールはポンポンとむなしい音を立ててコートに転がった。サラは、自分が透明人間《とうめいにんげん》になったような気がした。

まゆちゃんが、また、みんなを集めて言った。「どうしたの、みんな」

「あんまし言いたくないけどさあ」と、6年生の1人がサラを指さした。「サラ。髪、ショートに切ってないよね。なんで？」

「トップチームに選ばれたんだよ。すぐに短いショートカットにしなきゃ」

「髪のおしゃれが、バレーより大事ってわけ？」

サラも黙っていなかった。

「おしゃれじゃないんです。わたし、どうしても髪をのばさないといけないんです」

「だーかーらー。理由を聞いてるのよ！」

「それは……言えません」

とたんにどなり声がひどくなった。

「ふざけてんじゃないわよ」

チームの不満はおさまらなかった。

「かわいく髪をのばして、おじょうさま気分でバレーか。サラ、なめてんの？」

「ショートはトップチームの約束じゃん。みんなが守ってきた伝統《でんとう》なんだよ」

チームは最悪の状態《じょうたい》になった。

10

大学病院の待合室はけっこう混《こ》んでいた。面会の開始時間まであと5分だ。サラはトップチームになってからのことを思い出し、ため息をついた。

「ゆいのために髪をのばす。だからトップチーム入りはあきらめよう」そう決心した。それなのに、なぜかコーチは「髪はのばしていいから」とみとめてくれなかった。そのせいでひどい目にあっている。しかもコーチは「サラはつらい思いをするだろう」なんて無責任《むせきにん》なことまで言って。

――もういやだ……。

「サラちゃんじゃない？」

突然、遠くから声をかけられた。

「まゆちゃん！」

サラは思わず、かけよった。なぜか涙が出てくる。

「どうした、どうした。サラちゃん、やっぱ、つらい？」

サラは小さくうなずいて、聞いた。

「まゆちゃん、なんで病院にいるの？」

「おばあちゃんが病気なんだ。今、検査《けんさ》受けてて、ママが付きそっているの。わたしはここで待ってなさいって言われて。サラちゃんは？」

サラは言葉につまった。でもうそはつけない。

「実は、ゆいが入院してるんです。それでおみまいに」

「ゆいちゃんって……ああ、フェニックスをやめちゃった子ね。サラちゃんの友だちでしょ」

「はい」

「ふーん。ゆいちゃん、病気だったんだ……。あ、もう面会時間始まってるよ。早く行きなさい」


「えーっ、まゆちゃんと会ったの。わたし、あこがれてたんだ。実力あるし、わたしみたいなへたっぴーにも声をかけてくれたし」

今日のゆいは体調がよさそう。いつものタオル地の帽子をかぶっているけれど、顔色もいい。

さわやかな春風が、開いた窓から入ってくる。

「……ねえ、サラ。何かなやんでない?」

サラはぎょっとした。

「なんで」

「だって、元気ないもん」

ゆいのカンはするどい。

「なんかあったでしょ。ちゃんと話して」

ゆいには正直でいたい。サラは打ち明けた。


「やっぱりね」

ゆいはうなずいた。「髪をショートにしないから、6年生にいじめられてるんだ」

「いじめっていうか……」

「ねえ。わたし、まゆちゃんに会いたい」ゆいが突然言いだした。「まだ待合室にいるかも。もしいたら、ここに連れてきてよ」

「だめだよ。まゆちゃんに会ってどうすんのよ。ゆいの病気のこと、わかっちゃうかもしれないよ」

「まゆちゃんの顔を見たいの。フェニックスやめたのに、ちゃんとあいさつしてなかったし」

「でも……」

「お願い」

ふだんはのんびり屋さんのゆいだけど、こういう時はゆずらない。

「じゃあ、会うだけだよ。ゆいの病気のことは言わないこと」

「わかった。ぜったい言わない」

しばらくして、ゆいの病室に入ってきたまゆちゃんは、その場に立ちすくんだ。ぼうぜんと、ゆいを見つめている。サラも、ぼうぜんとした。

ゆいはタオル地の帽子を取っていた。髪の毛がない頭をさらしている。

まゆちゃんは最初はおどろいていたけど、やがて笑顔でベッドに近づいた。なぜサラが髪をのばしているのか、わかったのだ。まゆちゃんはゆいの手を両手でつつんだ。

「ゆいちゃん。フェニックスではちょっとしか話せなかったけど、今言うね。ゆいちゃんもサラちゃんも、最高の親友を持ってる。うらやましいな」

11

フェニックスの練習日。まゆちゃんはトップメンバーを集めた。

「こないだの続きをしようと思うの」

6年生がすぐに言いだした。

「またサラの髪のこと?」

「あれだけ言われても、まだ切ってこないんだ」

「その理由だけどさ。実はわたし、こないだ知ったんだ」とまゆちゃん。

「へえ……」急に、みんな黙《だま》りこんだ。理由を知りたいのだ。

まゆちゃんが続ける。「ここに1人の女の子がいます。その子は病気になって、髪の毛がぬけてしまった。これ、本当の話。サラちゃんは、その子のために髪をのばしてるんだよ。十分のびたら髪を切って、その子にあげるために」

「あ……」6年生の1人が言った。「それ、テレビで見たことがあるやつかも。寄付した髪でかつらを作るんじゃない?」

「それだよ。サラちゃんが髪をのばしているのは、それが理由だったの。こないだ、ちょっとしたことがあってさ、それで私もわかったの」

まゆちゃんは続けた。

「あとさ、サラは『髪をのばさないといけないから、トップチームには入れません』って、コーチに言ったんだよ」

「えっ、ほんとなの」

「本当。だけどコーチは許さなかった。髪はのばしていいから、って」

「髪をのばしたままトップチームにいるのは、サラのわがままじゃなく、コーチの指示《し》《じ》だったってわけ？」

「そう。サラはどんなにみんなにせめられても、絶対《ぜったい》に理由を言わなかったよね。それは、髪をなくした子を守るためだったの」

「美しい友情《ゆうじょう》ってわけかぁ」と、いやみっぽい声が聞こえた。しかしほかの選手がきびしく言った。「だめだよ、そういう言い方は」さらに「そうだよ。それなら話は全然ちがうじゃん」「わたし、けっこう感動したな」という声も。

空気が変わってきた。

「でもさ。どうしてコーチは髪をのばしていいからって言ったのかな」だれもが不思議に思っている。まゆちゃんが返した。

「そこだよ。コーチは『そうすることがチームのためになる』って言ってたけど、わたしには意味がわからなかった。でも、今は見えてきた気がする。なぜわたしたちはショートカットにしているのか。そこを考えろってことじゃないのかな」

「なぜって……。ショートカットはトップチームの決まりごとじゃん」

「なんでそうなったのか。みんな知ってるよね」とまゆちゃん。

そう。それはみんなが知っている。試合中に選手のヘアゴムが切れた、あの事件だ。

「考えてみれば、あの事件があったからって、それでずっとショートカットっていうのは、おかしいかもね」

「正直に言うと、わたしポニーテールにしたかったの」

「ライオンズの選手によく言われる。あんたたち、過去《かこ》を引きずりすぎじゃないのって」

ライオンズとはフェニックスのライバルだ。

「とにかく、サラの場合はおしゃれなんて、あまったれた話じゃなかったんだ」

チームが変わろうとしていた。

「みんな、わかってくれたようだね」はなれたところで様子を見ていたコーチが近づいてきた。

「髪型なんて自由でいい。ぼくはこの変な決まりごとをなくしたかった。ただ、みんなが自分たちでそういう気持ちに変わることが大事だと思ったんだ。どうかな。変わったかな？」

全員がうなずいた。

「よし。きょうから変な伝統はすててしまおう」コーチはそう言うと、サラの顔を見た。そして頭を下げた。「サラ、つらい目にあわせたね。悪かった」

サラは涙目で首をふった。6年生たちがサラを囲んだ。

「今まで、ひどいこと言ってごめんね」「サラちゃん、えらいよ」

サラはやっとチームに受け入れられた。そして選手たちは、大きく変わった。

フェニックス。それは一度死んでもよみがえる火の鳥のこと。こわれかけていたチームは、よみがえった。

4月24日

ゆい、わたしトップチームのみんなにみとめられたよ！

こないだ話したけど、わたし、チームのみんなにシカトされてた。でも、みんなやっとわかってくれた。しかもさ、ショートカットにするっていうルールは、なくなったの。

チームが生まれ変わったの。

これって、ゆいのおかげ。まゆちゃんがゆいの病室に来たとき、ゆいはタオル地の帽子をぬいでいたよね。それって、髪のない頭をまゆちゃんに見せるためだったんでしょ。ほんとうは、だれにも見せたくないのに。その勇気で、ゆいはわたしを救ってくれた。ありがとう。

髪は目標の31センチまで、あと20センチぐらい。ゆいのためだと思うと、本当にのばすのがうれしい（^^）

（ゆいに助けられたサラ）


サラが書いた「ラリー」には喜びがあふれている。

「よかった……」ゆいにとって、まゆちゃんは雲の上の人だった。でも、一度だけ「そのロングヘア、きれいね」ってほめてもらった。うれしかった。

ゆいは、病室でまゆちゃんと会った時のことを思い出した。まゆちゃんに、髪がない頭を見せた。どう思われるか、こわかった。だけど「見てもらわないと」って思った。「サラはわたしのために髪をのばしているんです」って伝えたかったから。よかったなあ、まゆちゃんにも、チームのみんなにもわかってもらえて。

ゆいは、ひさしぶりに大きく深呼吸《しんこきゅう》した。これからは何もかもうまくいきそうに思えた。

12

それから4カ月あまりがすぎた。8月21日。ゆいが入院して、もう1年近くがたった。体調は良かったり、悪かったり。同じ白血病なのに、ゆいのあとから入院してきて、もう退院した子もいる。「わたしはいつ退院できるんだろう」そう思うと、ゆいの心は沈《しず》んでしまう。

病室の窓を開けると、夏の熱気とともにセミの鳴き声が部屋中におしよせてきた。このところ、ミンミンゼミよりもツクツクボウシの鳴き声がよく聞こえる。ゆいは、セミの鳴き声はきらいじゃない。いっしょうけんめい鳴いているのに、その命は短い。いや、命が短いから、けんめいに鳴くのだろうか。そんなことも考えたりする。

「ゆい。窓開けたままで大丈夫なの？」

ママの声がして、ゆいは現実《げんじつ》に戻った。病室に入ってきたママは箱《はこ》をかかえていた。

「ゆいにプレゼントがあるのよ」ママは箱を軽くゆすって笑った。「はい、これ。やっとできたの」

ママにうながされて箱を開くと、中から髪の毛の束が出てきた。ゆいは、びっくりした。

しかしよく見ると、それはとてもよくできた「かつら」だった。

「ウイッグっていうのよ。本物の髪の毛でできているの。ゆいの頭のサイズに合わせてあるから、ぴったりのはずよ」ママの声が明るい。

ゆいは、すぐには信じられなかった。ウイッグ……。

「すっごくきれい！　つやつや！　これをわたしに？」

「そうよ。さあ、つけてみて」

うれしいような、なんだかこわいような。

ゆいはタオル地の帽子をぬいだ。ママが手鏡をゆいに向けた。ゆいは手鏡を見ながら、ウイッグをおそるおそるつけた。

おどろくほど、ぴったり。

手鏡にうつっているのは、ショートカットの黒髪の少女。

「これが、わたし……」

手鏡がぼやけてきた。「あれっ？」と思って、ゆいは目をこすった。鏡の向こうの、

きれいな髪の少女は泣いていた。

「どう、感想は?」とママ。

「うれしい。うれしいよママ。ありがとう!」

——夢じゃない。わたし、新しい髪をもらったんだ!

しばらくすると、ゆいは、ふと考えた。

——このウイッグ、だれがくれたんだろう?

ママがベッドのわきに腰《こし》かけ、教えてくれた。

このウイッグは、ヘアドネーションという活動でプレゼントしてもらったこと。1人分のウイッグを作るには、数十人分の髪の毛が必要なこと。多くの人たちのおかげで、ゆいのウイッグが作られたこと……。

ゆいは思い出した。

そういえば、何カ月か前だった。知らない人が病室にやってきて、ゆいの頭のあちこちをメジャーで測った。「何をしているんですか?」と聞くと「あとで、いいことがあるからね」って言ってた。

——あれは、ウイッグを作るために頭のサイズや形を測っていたんだ。

そして、ふと思った。

――あれ？　サラは、自分の髪の毛でウイッグを作ってもらって、わたしにプレゼントするって言ってた。それって、このこと？

「ねえママ。このウイッグ、たくさんの人の髪の毛を集めて作られたんだよね」

「そうよ」

「てことはさ。１人の髪の毛で、だれかにウイッグを作って贈るってことは、できないの？」

「それは無理よ。髪の毛の量がぜんぜん足りないもの」

――大変だ、サラはかんちがいしている！

ゆいは「ラリー」ノートを引っぱり出した。

13

サラがバレーの練習でくたくたになって家に帰りつくと、ママが急ぎ足で玄関《げんかん》に出てきた。

「ゆいちゃんから『ラリー』が来てるわよ。すぐ読んでほしいって。さっき、ゆいちゃんのママが持ってきたの。ねえ、何かあったの？　なんだか変だったわよ」

サラは不安になって、「ラリー」ノートを開いた。


8月21日。

サラにあやまります。ごめんなさい。

きょう、わたしはプレゼントをもらった。「ウイッグ」っていう、かつら。本物の髪で作ったショートヘアなの。

正直に書くね。ウイッグをつけた瞬間《しゅんかん》……わたし、うれしかった。とってもきれいで、泣いちゃった。

でも、それって自分勝手だよね。わたしのせいで、フェニックスでつらい思いをしたサラのことを考えたら、喜んじゃいけないよね。もらっちゃダメだよね。

なのに、だれの髪の毛なのかわからないウイッグをつけたわたしは、やっぱりうれしかった。

わたしは、サラを裏切《うらぎ》った。本当に、ごめんなさい。

ウイッグは、ママがわたしにないしょで申しこんだの。わたしがサラから髪をもらうつもりだってこと、ママは知らなかったから……。わたしとサラの「2人だけのひみつ」

だったでしょ？　でも、これって言いわけだよね。

あとね、もともと1人分の髪だけじゃ、ウイッグは作れないんだって。たくさんの人の髪を集めて、やっと一つできるらしいの。そんなことも、わたしは知らなかったけど――。

（ずるい、ゆいより）

――こんなひどい話って、ある？

サラは自分をおさえきれなくなった。

――へえ、ウイッグをつけたとき、ゆいはうれしかったんだ。ショートカットのきれいな髪か。よかったじゃん。わたしは裏切られたってわけだ。

最初の4、5行に目を通しただけで怒《いか》りがこみあげ、もう、そこから先を読む気などなくなった。サラは「ラリー」を思い切り、かべにたたきつけた。

「バカみたい！」

ゆいが白血病になって、髪の毛が全部ぬけてしまって……。

わたし、自分の髪をのばして、ゆいにあげるって決めた。

だから、バレーのトップチーム入りをあきらめる決心までした。だけどやめさせてもらえなかった。しかたないから、髪を切らないまま練習に出た。いじめられた。もういやだって思った。ものすごく苦しかった。

ぜんぶ、ゆいのためだったのに――。

ゆい。わたしの髪を待つんじゃなかったの？

だれの髪でもよかったの？

約束したじゃん！

ひどいよ、ゆい――。

14

ゆいからの「ラリー」を受け取って10日がすぎた。8月31日。明日から2学期だ。「ラリー」ノートは、サラの机の引き出しに放りこまれたまま。

あの日以来、サラはいつもピリピリしている。ささいなことに当たり散らす。ママは、その原因《げんいん》が「ラリー」にあると思ったのだろう。何度か「ゆいちゃん、何を書いてきたの？」とか「サラ、ゆいちゃんに返事を書いたら？」とか言ってくる。心配しているのはわかる。でもサラはどうしても、そんな気になれない。

――だって、裏切られたんだもん……。

サラは、ベッドにあおむけになったまま、天井を見つめた。深くため息をついた。目をとじて、ゆいのことを考える。

――ゆい、ウイッグをもらって明るくなったかな。あの「ラリー」……。ひょっとしたら、ゆいは「ウイッグをもらったから元気になったよ。だから心配しないで」って伝えたかったのかも……。

そう思いたいけど、すぐに「2人だけのひみつの約束はどうなったの？」という気持ちがわいてくる。わたしの髪をゆいに贈る。その日が来るまで、ゆいはずっと待っていてくれる。そう信じて、うたがわなかった。わたしだってなやんだ。自分の髪は大切だから。

サラは、ごろんとうつぶせになった。まくらもとを見た。ふせたままのフォトスタンドがある。ゆいの「ラリー」が届いたあの日から、ふせたままのフォトスタンド。そっと手に取り、表側に戻して写真を見た。ゆいのきれいなロングヘア。ゆいの笑顔。まるで天使みたい。あれは病院から逃げ帰った次の日だった。この写真を見た。そして考えた。ゆいの笑顔を取り戻してあげるために、自分ができることは何かってことを。

サラはフォトスタンドを立てた。サラとゆい。2人の写真をじっと見つめる。

――本当にこのままでいいの？　自分がゆいの立場だったら？　自分だって、髪がなくなったら、ゆいと同じ気持ちになったんじゃないの……。

サラは、ガバッとベッドから起き上がった。フォトスタンドをぎゅっとだきしめた。

「このまま、逃げてちゃいけない。会いに行かなきゃ」


サラは、ゆいが入院している病室の前に立った。「ゆいに会って話そう」と決心して、家を飛び出し、バスに乗り、病院にかけこんだ。家を出る前に、ゆいのママには連絡したけど、ゆいは待っていてくれるだろうか。ずっと無視していたんだもん。会ってくれないかも……。

何度も来た病室なのに、ドアの前でサラの足はふるえていた。しかしサラは勇気をしぼり出し、ドアを開けた。

ベッドにねていると思っていたゆいは、パジャマ姿《すがた》でベッドわきに立っていた。くちびるをかみしめ、下を向いている。

サラが初めて見る、ショートヘアのゆい。

――あれが、知らない人の髪で作ったウイッグか……。

サラはゆいを見つめた。黙ったままの2人。やがてサラはゆいに近づいた。1歩。また1歩。ゆっくり、ゆっくりと。

サラにあの日のショックがよみがえる。裏切られたと思った。怒りをおさえられなかった。でも……目の前にいるゆいを見ると、やっぱり大好きで、大切な親友だ。

涙があふれるのと、ゆいをだきしめるのが同時だった。

「ゆい……ごめんね」

「ごめんなさい……サラ」

ゆいのママがいれてくれたお茶は、すっかり冷えてしまった。いつの間にか30分がすぎていた。

サラは、ゆいからヘアドネーションの説明を聞いて、ぼうぜんとしていた。

「ごめん。もう1回聞くね。つまり、わたしは肝心《かんじん》なことを知らなかったってこと?」

「そうなの。わたし『ラリー』に書いてたでしょ? ウイッグ一つ作るには、何十人もの髪がいるの。つまり、サラの髪だけで、わたし指定でウイッグを作ってもらうってことは、もともと無理だったんだよ」

——そうだったんだ……。

サラはようやく理解《りかい》できた。一度聞いただけでは、すんなり頭に入らなかった。それほど混乱《こんらん》していたのだ。

サラは10日前のことを、いっしょうけんめい思い出した。ゆいが「ラリー」に「ウイッグをもらった」って書いてきた。「うれしかった」とか「とってもきれいなの」とか「わたし、泣いちゃった」とか。そんなことが書いてあった最初の数行を読んで、すっごくむかついた。「ラリー」をかべにたたきつけた……。だから、そこから先は読んでいない。

サラはナップサックから「ラリー」を引っぱり出した。あのページを開くと……。

——書いてあった。

〝もともと1人分の髪だけじゃ、ウイッグは作れないんだって。たくさんの人の髪を集めてやっと一つできるらしいの〝

「ゆい、ごめん。わたし、最後まで読まなかったの」

「あんなひどいこと書いたんだもん。サラが怒《おこ》るのは、あたりまえだよ。でもね……」

ゆいが、急に真剣《しんけん》な表情になった。

「お願いがあるの」ゆいはサラに向かって両手を合わせた。そして続けた。「わたしはウイッグをもらった。だから今は幸せ。もちろん、サラの髪だけでできたウイッグだったら一番うれしいよ。でもさ、髪を贈ってくれた人たちのことを思ったら、そんなこと考えちゃダメだと思うんだ」

サラは黙って聞いている。ゆいが言っていることは、正しいと思う。

「ねえ、サラ。どこかにサラの髪を待っている子がいるんだよ。髪をなくしちゃった子が。だから髪をのばし続けてほしいんだ。わたしのためじゃなく、だれかのために」

ちょっと長く話したせいだろうか。ゆいが苦しそうに息をついだ。

「ゆい、大丈夫?」サラが声をかける。ゆいはうなずくと、話を続けた。

「サラがだれかのために髪をあげるでしょ。そしたらさ、サラとその子は髪でつながった友だちだよね。たとえ会うことはなくても。サラの友だちは、わたしの友だちだよね。わたしにも友だちが1人ふえる。ヘアドネーションでつながる友だちだよ。その子はどんな服が似合うんだろう? どんな町に住んでいるんだろう? そんなことをサラといっしょに想像して、おしゃべりしたい」

ゆいの声が大きくなった。

「だからサラ。お願い。これからも髪をのばして! 31センチ。約束して!」

そこまで話すと、ゆいはベッドにすとんと腰を落とした。

ゆいの言葉は、じんわりとサラの胸にしみわたっていった。

サラはゆいの横にすわり、そっと肩に手を回した。ゆいの体が小さくふるえている

——。サラは、ゆいをやさしくだきしめた。ゆいのふるえが少しずつ消えていく。そして、ゆいのぬくもりがサラに伝わり、サラの心の中で何かがはじけた。

サラはゆいの耳元でささやいた。

「わたし、ちっちゃかったなあ」

ゆいが「えっ？」という表情をした。サラは続けた。

「わたしさ。4年生のころまでは、ゆいといっしょにいて楽しかったら、それでよかった。おしゃれをして、楽しいバレーをして……。ほかの人のことなんて、ぜんぜんきょうみなかった。ほんと、わたしの考えって小さかった」

ゆいが首をふる。サラは早口になった。

「ゆいが白血病になって、髪がぬけて……。だからわたしはヘアドネーションしようと思った。でもちゃんと調べもしないで。つっ走って……。だから、ゆいの『ラリー』をちょっと読んだだけで、裏切られたって思いこんだ。ゆいが伝えようとした大切なことを確認《かくにん》もしなかった。それどころじゃない。ゆいをうらんだりした。わたし、バカだった。心がせまかった」

「もういいよ、サラ」ゆいがサラの手をにぎった。サラもにぎり返し、そして言った。

「でもさ。さっきのゆいのお願い。あれでわたし変わった気がする。これまでのちっちゃ

な世界から、ロケットに乗って宇宙《うちゅう》に飛び出すみたいな。宇宙から地球を見つめるみたいな。そんな感じ。なんか、まわりがぱーっと広くなった」

そうなのだ。ゆいのおかげで、サラは気づいた。小さな世界も大事だけど、大きな世界にも目を向けなきゃいけないんだって。人の役に立つこと。人とつながること。その大切さに――。

こわれそうになった2人の友情。それが今、傷口がふさがっていくように、ゆっくりと元に戻っていく。もうまよわない。サラは決めていた。

――ゆいとの約束。わたしはぜったい守る。

15

それから1年半の時がすぎた。

5年生の3学期に、ゆいが学校に戻ってきた。病院通いは続くけれど、ゆいは友だちが待つ場所に帰ってきたのだ。

フェニックスは、まゆちゃんがキャプテンの時も、サラがキャプテンになった時も、ライバルのライオンズをたおして優勝した。

「ラリー」は続いている。2人で並んで読み返しては「あれはないよー」とか「これ、うれしかったなー」と笑い合う。

2人とも、ヘアドネーションをきっかけに、ものの見方が広がった。そして、友情は深くなった。苦しく、つらいことがたくさんあった。だから成長した。

そして6年生の3月。小学校の卒業式をむかえた。もちろんゆいも卒業証書《しょうしょ》をもらった。式典が終わると、ゆいは「病院に検査に行く日だから」と、ゆいのパパの車で学校を出た。助手席の窓を開けて手をふるゆいを見て、サラはちょっとさびしかった。

しかし、サラにはこれからやることがある。髪がようやく31センチのびた。ゆいとの約束を果たす時だ。

ひさしぶりの美容院「エフ」。なっちゃんが待っていた。

ヘアドネーションに必要な31センチを、今からカットする。

なっちゃんが、サラの長い髪を六つの束に分けた。

「いよいよだね」となっちゃん。

「うん。これまで、いろいろアドバイスありがとう」とサラ。するとなっちゃんが、正面の鏡にうつるサラの顔を見ながら言った。

「こっちこそ、ありがとう」

「え？　なんで？」

「フェニックスのコーチに聞いたんだ。サラのヘアドネーションをめぐって、チームでいろいろあったこと。でも最後には『トップチームはショートカット』っていう決まりはなくなったんだってね」

「そうだけど……、でも、なっちゃん、なんでフェニックスのコーチに？」

「実はね。わたしも小学生のころ、フェニックスにいたの」

――えーっ、マジで？　知らなかった！

「いつかはサラには言わなきゃって思ってた。10年以上前に、ロングヘアをしばってたゴムが切れて、ミスをした選手って、わたしなの」

「うそでしょ！」サラは声に出しておどろいた。

「ほんとだよ。あの時、試合に負けてみんなに悪いって思ったけど、それ以上につらかったのは、それから『トップチームは全員ショートカットにする』ってなったこと。わたしのせいで、後輩《こうはい》たちが毎年みんなショートカットにするじゃない。本当は長い髪が好きな子もいるはずなのに。わたし、そんな後輩たちの気持ちを考えると、つらくて……」ふと鏡を見ると、なっちゃん、泣いてる。

「なっちゃん、ずっと気にしてたんだ……」とサラ。

「うん。けっこう、きつかった。でも、サラのおかげで、ショートカットにしなくてもよくなったでしょ。サラは、なんていうんだろ、〝のろい〟みたいなものからわたしを救ってくれたんだよ。だから、ありがとう」

——そうだったんだ。人って、いろんなところでつながっているなあ。

サラは、不思議な気持ちになった。なっちゃんは、話し終わると人差し指で涙をぬぐった。すると、プロの美容師の顔になった。

「じゃあ、始めるね」

「はい！」

一つ目の髪の束が、ザクッという音とともに切られた。

その瞬間、さまざまなことがよみがえってきた。

4年生の秋。ゆいが白血病になった。髪を失ったゆいをはげますつもりで言ったサラの言葉が、ゆいを傷つけた。ゆいのためにヘアドネーションしようと決心した。そのせいで、サラはフェニックスでつらい思いをした。ゆいが知らない人の髪で作られたウィッグをもらった。サラは裏切られたと思った。だけど、勇気を出してゆいの病室をたずねて、2人の友情を取り戻した。

ゆいのお願い。「だれかのために」　あの言葉はサラの心にひびいた。

「はい、終わったわよ」

なっちゃんの声で、サラは思い出から引き戻された。

短くなった髪にそっとふれてみる。気持ちいい手ざわり。

鏡の向こうにショートカットの自分がいる。

でも「変身しておしゃれしたい」と思って4年生の時にやったショートカットとは気分がちがう。あの時はちょっぴり後悔した。しかし、今のサラの心は、雲一つない青空のようにさわやかだ。

サラは、後ろにいるなっちゃんに声をかけた。

「ねえ。今度のショートって、なんか、前のとはぜんぜんちがう感じ」

「たぶん、大人になったのよ。ちょっとだけ」

そう言ったのは、なっちゃんではなかった。

——ゆい！

いつの間にか、ゆいがそばにいた。検査は終わったらしい。

ゆいが、ほっぺたをくっつけてくる。

鏡にうつる少女が2人。

ヘアドネーションで得《え》た、ウイッグのショート。

ヘアドネーションをすることで得た、ショート。

どっちも幸せ。顔にそう書いてある。

それは、ヘアドネーションが生んだ、魔法《まほう》のショートカットだった。

なっちゃんが、カットした六つの髪の束を一つにまとめて、封筒《ふうとう》に入れてくれた。「あとは、ウイッグを作ってくれるところに送ればいいよ」と、送り先の住所を教えてくれた。

封筒に入ったサラの髪は軽い。でも、そこにこめられた気持ちは、決して軽くはない。

サラは思う。

——わたしのこの髪が、たくさんの人たちの髪といっしょになって、一つのウイッグになる。そして、だれかに届く。会ったことのないだれか。でも、それでいい。だって、その子はぜったい喜んでくれるから。

美容院のとびらを開けた。

春の日差しが2人にやさしくふりそそぎ、石畳《いしだたみ》の歩道に二つのかげを作る。

見上げれば、真っ青な空。

ゆいとの約束を果たした今なら、あの空のずっと上まで、ジャンプできそうな気がする。心も体も軽い。「本当に、あそこまで飛べるかも――」サラはそんな気がして、ゆいに言った。

「ねえ。あの空までジャンプしたくない？」

「うん。したい、したい」とゆい。

2人は手をぎゅっとつないだ。

そして、とびっきりの笑顔で、はずみをつけた。

「いち、にの、さーん！」

二つのショートカットが、春風にふわりと舞《ま》った――。

【おことわり】

物語の中で、白血病になった少女の治療《ちりょう》や投薬《とうやく》、検査《けんさ》などに関する記述《きじゅつ》がありますが、白血病などの小児《しょうに》がんの治療期間や投薬期間などについては、症状や治療効果、再発《さいはつ》の有無《うむ》などで個人差《こじんさ》があります。

みんなに知ってほしい子どものがんとヘアドネーション

がんについて

みなさんは、池江璃花子《いけえりかこ》さんという水泳選手を知っていますか？　すばらしい記録を持つ彼女《かのじょ》は2019年、がんの一種である「白血病《はっけつびょう》」という病気になりました。多くの人が心配しましたが、池江選手は病気とたたかい、2021年に開かれたある大会でみごとに復活優勝《ふっかつゆうしょう》し、多くの人たちが感動しました。

がんとは、何でしょう。私たちの体はたくさんの細胞《さいぼう》でできています。細胞たちがちゃんと働いてくれると、私たちは健康な体でいられます。ところが細胞の一部が、異常《いじょう》な細胞になってしまうことがあります。これが「がん細胞」です。

がん細胞が増えていくと、体にいろいろ問題が起きてきます。白血病というのは、血《けつ》液《えき》を作っている細胞が、がんになってしまう病気です。がんは、決してめずらしい病気ではありません。日本人の場合、2人に1人はがんになるのです。

子どももがんになります。小児《しょうに》がんといいます。一番多いのは白血病で毎年700人から1000人ぐらいの子どもがかかっています。

ここで、みなさんに正しく知ってほしいことやお願いが三つあります。

【その1】

インフルエンザや新型コロナは人にうつりますが、がんは人にうつることはありません。もし学校の友だちが白血病などの小児がんになっても、それまでと同じように接してほしいのです。

【その2】

小児がんは、昔は治すのがむずかしい病気だと思われていましたが、いまではかなり高い確率《かくりつ》で治る病気になっています。医学の進歩で、治る確率はさらに上がることが期待されています。

【その3】

大人のがんは生活習慣《しゅうかん》などいろんな原因《げんいん》がありますが、小児がんの場合は原因が十分には明らかになっていません。何も悪いことはしていないのに、小児がんになってしまうのです。ですから、小児がんになったからといって、その子に何の責任《せきにん》もありませんし、お父さんお母さんの責任でもないのです。

白血病など小児がんの治《ち》療《りょう》は、薬のほかいろんな方法があり、症状《しょうじょう》などによって組み合わせて使うのがふつうです。薬は小児がんの原因になっている悪い細胞をやっつけるためのものです。でも薬のせいで、だるくなったり、食欲《しょくよく》がなくなったりしてしまいます。これを副作用といいます。

中でも、小児がんになった子がショックを受けるのは、髪《かみ》の毛がぬけてしまう副作用です。みなさん、想像《そうぞう》してください。自分の髪がなくなったら、どんな気持ちになりますか？

ヘアドネーションについて

小児がんなどで髪の毛を失ってしまった子どもたちの心を支えて、笑顔を取りもどしてもらおうというのが「ヘアドネーション」という活動の目的です。

多くの人が髪の毛を寄付《きふ》し、その髪を使って「かつら」をプレゼントする運動です。かつらは英語で「ウイッグ」といいます。

ヘアドネーションのウイッグは、本物の髪の毛だけを使います。一番いいのは、小児がんにかかった子どもたちと同じぐらいの若い髪です。この運動を知った多くの少女、少年たちが自分の髪をのばし、ヘアドネーションに協力しています。その輪は徐々《じょじょ》に広がっていますが、まだ十分ではありません。多くの人たち、とくに若い人たちの協《きょう》力《りょく》が、もっともっと必要なのです。

では、ヘアドネーションに参加《さんか》するには、どうしたらいいのでしょう。いま、国内ではいろんな団体《だんたい》や会社がヘアドネーション活動を行い、集まった髪でウイッグを作って子どもたちに贈《おく》っています。団体ごとに、使用できる髪の長さなどの決まりや手続きが異《こと》なります。大阪《おおさか》市内の会社がやっている「つな髪プロジェクト」というヘアドネーション活動の公式サイトにはくわしい手順やルールが書いてあるので、その内容を参考にしたらいいでしょう。

なお、物語では、ヘアド

ネーションできる髪の長さは31センチとなっています。集められた髪を1本ずつ手作業でベース（頭に着ける部分）に固定《こてい》していきます。ぬけ落ちたりしないように、髪を折り返すといった作業が必要です。ウイッグを作るプロの方たちによれば、そのためには最低でも31センチが必要な長さなのです。

　ただ、15センチ以上30センチ未満の髪でもウイッグを作ることはできます。たとえば帽子《ぼうし》ウイッグというものがあります。帽子と髪の毛を合体したものです。髪の毛がついた帽子という言い方もできます。これだと、帽子から出ている部分だけが髪の毛なので、使用する髪は短くてもよいわけです。団体によって、受け付ける髪の長さが異なる場合があります。

★つな髪プロジェクト公式サイト
www.organic-cotton-wig-assoc.jp

ヘアドネーションした小学生からのメッセージ

「ヘアドネーションをしたいけれど、いったいどんな気持ちになるんだろう」――経験《けいけん》したことがないことをやる時は、いろんな不安もあるでしょう。実際《じっさい》にヘアドネーションをした福岡《ふくおか》市内の2人の小学生のメッセージを紹介《しょうかい》します。

「いっしょにやろうよ」

黒田菜々香さん（6年生）

友だちからヘアドネーショ

ンという活動があることを聞き「だれかの役に立つのなら自分もやろう」と決心しました。それが4年生の2学期ごろです。母も応援《おうえん》してくれました。ただ、私は幼稚園《ようちえん》のころから髪を長くしていたので、ショートカットヘアになった自分が想像できず、そこだけがちょっぴり心配でした。

　ショートカットヘアになった私に、先生が「なぜ髪を切ったの？」と聞いたので、理由を話しました。すると先生はクラスのみんなに「こういう運動があるんだよ」とくわしい話をしてくださいました。最初のうちは、みんな「なにそれー」という反応《はんのう》でしたが、そのうち「自分もやろうかな」というクラスメートも出てきました。「みんながヘアドネー

「自分もやろうかなって言うクラスメートも出てきて、うれしかったです」と話す黒田菜々香さん

ションに参加してくれたらいいなあ」と思っていたので、とてもうれしかったです。

毎日の生活では髪をかわかすのがちょっと大変なくらい。「髪を失って悲しんでいる子たちの力になりたい」という思いはありましたが、「だれかのために髪をのばして贈るんだ！」みたいにあまり重く考えすぎると、けっこうしんどくなる気がします。私の経験では、同じ考えの友だちがいたら「いっしょにやろうよ」っていう感じだと、やりやすいのではないかと思います。

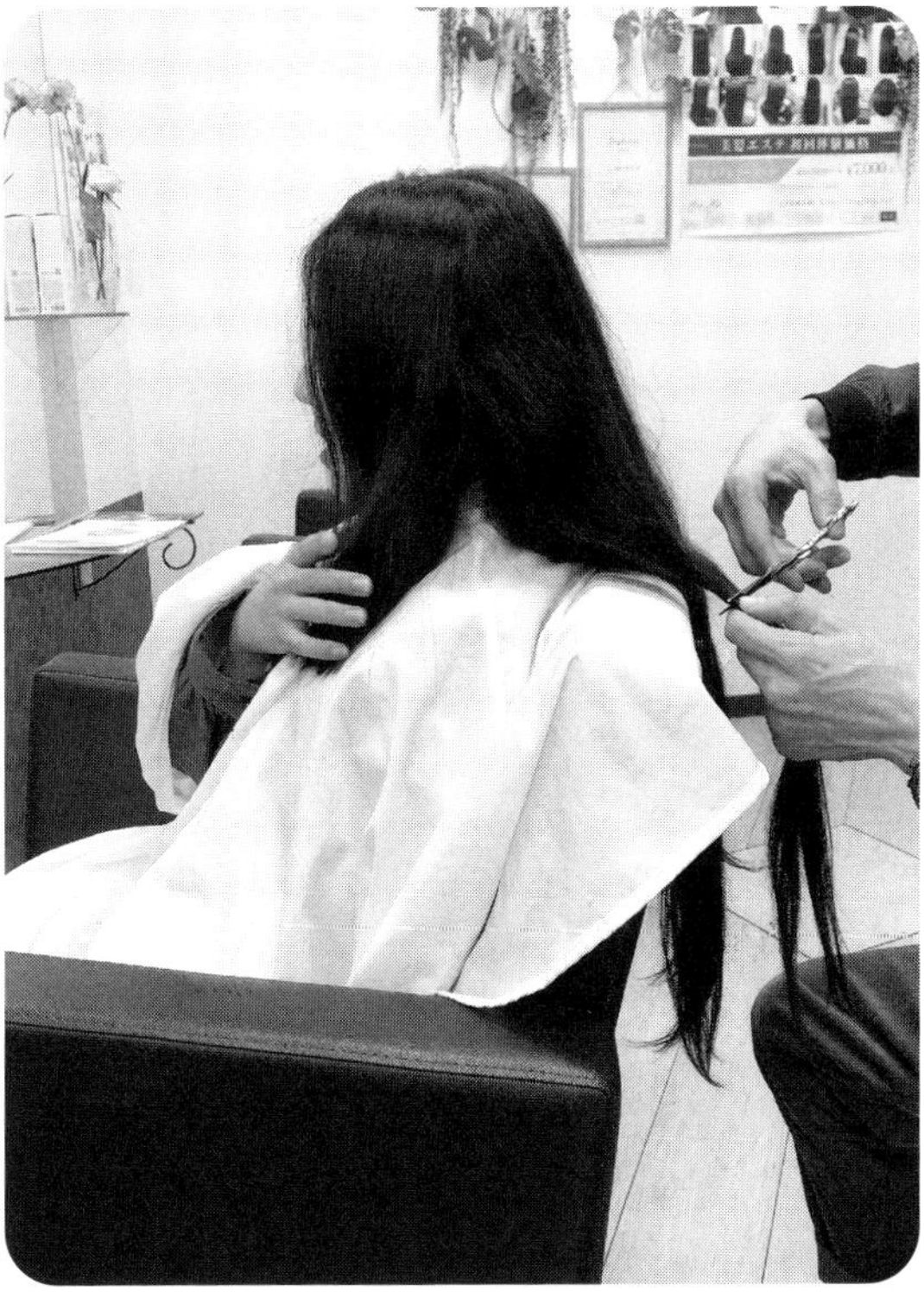

美容師さんにカットしてもらっている間は、ヘアドネーションをしようと思ったきっかけなどを話してリラックス（写真は、黒田菜々香さん）

世界が広がった気がする

浦石愛子さん（6年生）

ヘアドネーションという活動があることを、私は知りませんでした。そんな私がやろうと思い立ったのは、ごく身近な人たちの行動を知ったからです。

毛先から31センチのところにゴムをしっかりとめてもらいます。いくつの束に分けるかは、髪の毛の量によってちがいます（写真は、浦石愛子さん）

1人は、兄の友人の妹さん。彼女は私と同じ年なのですが、すでにヘアドネーションをするために髪をのばしていたのです。

もう1人は姉の友人で、南アメリカのボリビアから来た留学生《りゅうがくせい》です。この留学生は髪をベリーショートにしていたのですが「実はヘアドネーションをするために、今はのばしているの」と教えてくれました。

こうした人と出会って、私はヘアドネーションを決意しました。母もすすめてくれました。もちろん自分の髪は大切に思っていますが、意外にもあっさりとカットできました。今の私には「自分の髪が、だれかのためになるんだ」という思いがあり、それだけで十分です。ヘアドネーションは私にとってすごく意義《いぎ》ある経験でしたし、むしろ感謝《かんしゃ》しています。

これまでの人生でほぼはじめて足をふみ入れた美容室《びようしつ》にも興味がわきました。カットしてくださった美容師さんといろいろな話をしている時間はすごく楽しかったです。ヘアドネーションをしたことでいろんな経験ができ、世界が広がった気がします。

「自分の髪がだれかのためになるんだっていう思いがあり、それだけで十分です」と話す浦石愛子さん

この本について

この本には、白血病になった小学4年生の少女と、この少女のために自分ができることをいっしょうけんめいがんばる同級生の少女が登場します。白血病、ヘアドネーションを通して、なやみ、よろこび、ケンカもしながらも、少しずつ成長していく少女2人の友情《ゆうじょう》の物語です。

小学校高学年の子どもたちに向けて書いたものですが、中学生、高校生にも読んでほしい作品です。また、保護《ほご》者《しゃ》の方が「この本は自分の子どもに読ませたい」と思ってくだされば幸いです。この本を読んで、「髪を待っている、どこかの、だれか」のために、自分の髪を提供《ていきょう》してくれる子ども

絵＝コグレカンウ

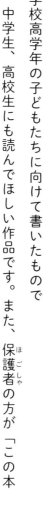

が日本中でふえることを願《ねが》っています。

この本には、白血病で頭髪を失った少女が、入院先の病院でウイッグをプレゼントされるシーンがあります。これは創作《そうさく》であり、ウイッグを申しこむやり方やウイッグがとどけられるシステムとは異なっています。

執筆《しっぴつ》にあたり、実際にヘアドネーションをし、その動機《どうき》や思い、また今どきの小学生の考え方などについて、こころよく取材《しゅざい》に応じてくださった福岡市内の小学生、黒田菜々香さんと浦石愛子さん。ヘアドネーションの体験を語ってくださった西南学院大学、福岡女子大学などの非常勤講師《ひじょうきんこうし》、太田梢さん。ヘアドネーションにかんする情報《じょうほう》を提供してくださった福岡県朝倉市の珈琲《コーヒー》ギャラリー「水の音土の音」関係者の方。そのほか、この本の出版《しゅっぱん》に協力してくださったみなさんに、心より感謝いたします。

2021年5月　嘉悦《かえつ》　洋《ひろし》

この本を読んでくださったみなさまへ

ライオンズクラブ国際協会３３７A地区FWT委員会
ヘアドネーションプロジェクト　矢野靖彦

この本の主人公サラとゆいが所属《しょぞく》するバレーボールチーム「フェニックス」のライバルチームとして登場したのは「ライオンズ」でした。みなさんは「ライオンズ」と聞いて何が思いうかびますか？　野球ファンなら、プロ野球チームのライオンズかもしれません。

では「ライオンズクラブ」って知っていますか？　ライオンズクラブは世界最大の奉仕《ほうし》活動《かつどう》団体《だんたい》です。１９１７年にアメリカ合衆国《がっしゅうこく》で誕生《たんじょう》して以来、世界中に多くのライオンズクラブが生まれ、それぞれの国、地域《ちいき》でさまざまな奉仕活動を続けています。たとえば、目が不自由な人が使っている白い杖《つえ》を見たことがあるでしょう。あの白い杖もライオンズクラブの活動から生まれたものです。

日本で最初にライオンズクラブができたのは1952年。それから約70年たった現在《げんざい》、全国にはおよそ3000のライオンズクラブがあります。この本の出版《しゅっぱん》は、その中の福岡県と長崎県の一部（壱岐・対馬）のクラブが企画しました。テーマになっている「ヘアドネーション」。これは、小児《しょうに》がんなどで髪《かみ》を失った子どものために、多くの方々が髪を寄贈《きぞう》し、それを使ってウィッグ（かつら）を作り、無償《むしょう》で提供《ていきょう》する活動です。

ライオンズクラブは小児がんに関するさまざまなサポートプログラムを行っています。たとえばレモネードを販売《はんばい》する簡易《かんい》スタンドで資金《しきん》を集めて、小児がん支援《しえん》を行う「レモネードスタンド」もその一つです。ヘアドネーションは、髪を失った子どもの心のサポートにつながる奉仕活動で、その輪は徐々《じょじょ》に広まってはいますが、十分に

絵＝コグレカンウ

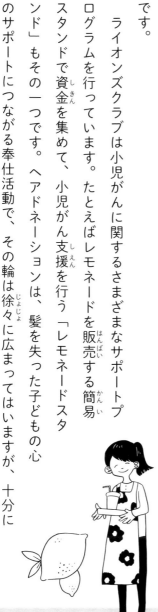

知られているとは言いがたいのが現状《げんじょう》です。

抗《こう》がん剤《ざい》の影響《えいきょう》でぬけ落ちてしまう髪。本人が一番つらいでしょうが、ご家族も同じはずです。しかも小児がんを発症《はっしょう》する子どもは毎年2000人以上もいるのです。なんとか力になりたい。それが、全国すべてのライオンズクラブが共通していだいている思いなのです。できるものなら、会員たち自らヘアドネーションに参加したいのですが、残念なことにクラブ会員の髪はほとんど使えません。白髪《しらが》があったり、そめていたり、髪が弱くなっているからです。つまり、たいていの大人の髪は、なかなか提供できる条件を満たすことができないという事情《じじょう》があります。

ヘアドネーションで作られたウイッグを使うのは子どもなのですから、同じぐらいの年齢《ねんれい》の、健康で若々《わかわか》しい髪が理想です。だからこそ、子どもたちの力が必要なのです。なんとか、多くの子どもたちにヘアドネーションを知ってもらえる方法はないだろうか？　その思いからこの本が生まれました。

この物語を読んで、感動したり共感してくださる子どもたち、親御さんたちがふえていけば、ヘアドネーションへの理解が広がり、参加してくださる方もふえる。わたしたちは、そうした願いをこの本に託《たく》しました。

企画段階《だんかい》で考えたのは、本を読んでくれる子どもたちのことです。どの年齢のお子さんを対象にするべきか？　ここは重要なポイントでした。わたしたちはまず、中学校入学時に、校則《こうそく》などを理由に髪を切るお子さんが多いのではないか、と考えました。髪を31センチのばすには約2年半かかります。逆算《ぎゃくさん》すると小学校4年生の時にのばし始めれば、小学校卒業までには必要な長さに達します。物語が始まる時の主人公が小学校4年生なのは、こうした理由からです。もちろん、物語は5年生、6年生へと進んでいきますから、5年生、6年生のみなさんにも読んでいただきたいし、保護者《ほごしゃ》のみなさまにもぜひ読んでほしいと思っています。読み始めると、一気に引きこまれてしまうすばらしい内容です。

この本に関わってくださったみなさんには、本当にボランティア精《せい》神《しん》で協力していただきました。出版《しゅっぱん》を担当《たんとう》してくださった方は、真剣《しんけん》なまなざしで「この本は、多くの人の目にとまる必要があるんです」とわたしにおっしゃいました。こうしたみなさんの協力と情熱《じょうねつ》の結《けっ》晶《しょう》が、これからどう広がっていくのか。ライオンズクラブとしても、とても楽しみです。

この本をきっかけに、一人でも多くの少年少女、そして大人の方々が、小児がんとヘアドネーションに対する理解《りかい》を深め、このすばらしいボランティア活動に参加してくださるよう、心から願っています。

この物語の「ゆい」のように、笑顔になれる子どもが一人でもふえますように──。

付記：本書執筆にあたり、以下の文献を参考にしました。

【書籍】
▒小児がん診療ガイドライン　2016年版（日本小児血液・がん学会／編　金原出版）
▒「小児がんに関する情報発信＜こどもの自立支援＞」報告書（柿沼章子／研究分担　はばたき福祉事業団）
▒子どもと家族のための小児がんガイドブック（東京都立小児総合医療センター血液腫瘍科／編　永井書店）
▒ウルトラ図解血液がん：白血病・悪性リンパ腫・多発性骨髄腫の正しい理解と適切な最新治療（オールカラー家庭の医学）（神田善伸／監修　法研）
▒血液のがん：悪性リンパ腫・白血病・多発性骨髄腫（健康ライブラリー）（飛内賢正／監修　講談社）
▒医者が泣くということ：小児がん専門医のいのちをめぐる日記(角川文庫)（細谷亮太著　角川書店）
▒小児がん：チーム医療とトータル・ケア（中公新書）（細谷亮太著　中央公論新社）
▒小児がんピアサポーターガイドブック：これからピアサポーターとして活動する人のための実践プログラム（小児がんピアサポート推進協議会企画　創英社）
▒命のノート：ぼくたち、わたしたちの「命」についての12のお話（こどもライブラリー）（細谷 亮太著　講談社）
▒ペットのがん百科　診断・治療からターミナルケアまで（鷲巣 月美／編　三省堂）
▒うちの犬ががんになった　がんとたたかう愛犬を支えてあげる方法（ウィム・モーリング／著　緑書房）
▒専門医が語る毛髪科学最前線　集英社新書（板見 智／著　集英社）
▒やさしくわかる！毛髪医療最前線（毛髪医療特別取材班／著　朝日新聞出版）
▒一流選手が教える女子バレーボール　女子の視点でトップ選手がコーチング！（菅野 幸一郎／監修　西東社）
▒長期入院児の心理と教育的援助　院内学級のフィールドワーク（谷口 明子／著　東京大学出版会）
▒15メートルの通学路　院内学級 - いのちと向き合うこどもたち（権田 純平／著　教育史料出版会）
▒あかはなそえじ先生のひとりじゃないよ　ぼくが院内学級の教師として学んだこと　教育ジャーナル選書（副島 賢和／著　学研教育みらい）
▒「東洋の魔女」論　イースト新書（新 雅史／著　イースト・プレス）
▒今、伝えたい「いのちの言葉」（細谷 亮太／著　佼成出版社）
▒がんばれば、幸せになれるよ　小児がんと闘った9歳の息子が遺した言葉（山崎 敏子／著　小学館）
▒髪がつなぐ物語　文研じゅべにーる（別司 芳子／著　文研出版）
▒もっともくわしいネコの病気百科　ネコの病気・ケガの知識と治療（矢沢サイエンスオフィス／編　学研）
▒ペット家庭の医学ネコ（内田 明彦／著　保健同人社）
▒やろうよバレーボール　こどもスポーツシリーズ（熊田 康則／著　ベースボール・マガジン）
▒おしゃれキッズのヘアスタイル　1年中役立つキッズ・ヘア（SSコミュニケーションズ）
▒ HAIR FOR KIDS　親子がつながる髪の時間（大谷 猶子／著　ハースト婦人画報社）
▒赤毛のアン（モンゴメリ著　村岡花子訳　新潮社）
▒色がわかる四季の花図鑑　花色が一目でわかる、ガーデンプランツ500　主婦の友新実用BOOKS Flower & green（主婦の友社／編）
▒庭の花図鑑　青木和子の刺しゅう（青木 和子／著　文化学園文化出版局）
▒四季を楽しむ花づくり　はじめてでもわかりやすい四季の花の育て方　かんたんガーデニング（新星出版社編集部／編　新星出版社）
▒四季の花色図鑑　決定版（講談社／編）

【インターネット上の情報】
▒国立がん研究センターがん情報サービス公式サイト
https://ganjoho.jp/public/support/condition/alopecia.html
▒つな髪プロジェクト公式サイト
https://www.organic-cotton-wig-assoc.jp/
▒病気の児童生徒への特別支援教育
https://www.nise.go.jp/portal/elearn/shiryou/byoujyaku/pdf/supportbooklet_1.pdf

●著者略歴

嘉悦 洋（かえつ・ひろし）

1951年生まれ。早稲田大学政経学部卒。1975年西日本新聞社入社。脳死移植など先端医療担当後、東京支社・首相官邸キャップ、文化担当デスク。西日本新聞社IT戦略担当、IT企業「メディアプラネット」（現・西日本新聞メディアラボ）代表取締役社長、西日本新聞旅行代表取締役社長。現在は執筆、講演の日々。著書に「その犬の名を誰も知らない」（小学館集英社プロダクション刊）

31センチの約束

2021年5月30日　初版第一刷発行
2024年7月31日　初版第八刷発行

文……………………嘉悦《かえつ》　洋《ひろし》

絵……………………ながん（表紙,P.1～76）

企画………………ライオンズクラブ国際協会337A地区
FWT 委員会ヘアドネーションプロジェクト

発行者……………田川大介

発行所……………西日本新聞社
〒810-8721　福岡市中央区天神1-4-1
TEL　092-711-5523　FAX　092-711-8120

ISBN978-4-8167-0992-0 C8093